Loi n°49.956 du 16 juillet 1949
sur les publications destinées à la jeunesse.
ISBN : 978-2-09-251156-5
N° éditeur : 10153021 - Dépôt légal : août 2008
Imprimé en France par Pollina - n°L47376b

Conte de Grimm
Illustré par Dankerleroux

Les Musiciens de la ville de Brême

Un homme avait un âne qui,
depuis des années, transportait sans faillir les sacs
de farine au moulin. Mais l'âne était maintenant
si fatigué qu'il n'arrivait plus à faire son travail.
Son maître songea alors à s'en débarrasser.
Remarquant que le vent soufflait pour lui
du mauvais côté, l'âne s'enfuit
et prit la route de Brême. Là-bas, se disait-il,
il pourrait devenir musicien de la ville.

Peu après son départ, il rencontra un chien de chasse couché sur la route qui respirait comme quelqu'un hors d'haleine.
– Eh bien, grosse bête, pourquoi souffles-tu ainsi ? demanda l'âne.

– Ah ! dit le chien, c'est que je suis vieux et m'affaiblis de jour en jour. Comme je ne puis aller à la chasse, mon maître a voulu me battre à mort et je me suis enfui. Mais comment vais-je gagner ma vie ?
– Écoute, dit l'âne, je vais à Brême. Là-bas je serai musicien de la ville. Viens avec moi et toi aussi, laisse-toi tenter par la musique. Je jouerai du luth et tu battras de la timbale.

Le chien y consentit et ils reprirent la route. Un peu plus loin, un chat était assis au bord du chemin, la mine déconfite.

– Eh bien, qu'est-ce qui te contrarie, vieux barbichon ? dit l'âne.

– Et qui pourrait être joyeux, répondit le chat, quand sa vie même est en danger ? Mes dents s'émoussent et comme j'aime mieux m'asseoir auprès du poêle à ronronner plutôt que de faire la chasse aux souris, ma maîtresse a voulu me noyer. J'ai pu filer à temps, mais où dois-je aller ?

– Viens avec nous, à Brême, tu t'y connais en musique, tu peux donc être musicien de la ville.

BRÊME

Le chat prit ces mots pour argent comptant
et partit avec eux.

Là-dessus les trois fugitifs passèrent devant une ferme.
Le coq du poulailler était perché sur le portail
et il criait de toutes ses forces.
– Tes cris nous transpercent jusqu'à la moelle,
dit l'âne. Qu'est-ce que tu annonces donc ?
– Pour aujourd'hui j'annonce le beau temps, dit le coq.
Mais parce que demain dimanche il y aura des invités,
la maîtresse du logis, femme sans pitié,
a dit à la cuisinière qu'elle voulait me manger
au potage. C'est pourquoi je crie à tue-tête
et je le ferai aussi longtemps que je le pourrai.
– Allons donc, tête rousse, dit l'âne,
tu ferais mieux de partir avec nous, nous allons
à Brême, ce sera toujours mieux que de finir
à la casserole. Tu as une belle voix,
et quand nous ferons tous ensemble de la musique,
ça sera très joli.

Le coq accepta la proposition
et ils s'en allèrent tous les quatre.

Le soir, ils arrivèrent dans une forêt
où ils décidèrent de passer la nuit.
L'âne et le chien se couchèrent sous un gros arbre,
le chat et le coq s'installèrent dans les branches,
mais le coq préféra se percher au sommet
pour plus de sécurité.

Avant de s'endormir, le coq regarda une fois encore
aux quatre coins cardinaux, quand soudain il aperçut
une lueur dans le lointain. L'âne dit :
– Nous ferions mieux de nous lever et de poursuivre
notre route. Ici l'auberge ne vaut rien.
Le chien déclara que deux ou trois os
avec un peu de viande autour lui ferait du bien.

Alors ils marchèrent en direction de la lumière,
ils la virent briller et grandir de plus en plus
et ils arrivèrent enfin à un repaire de voleurs
tout illuminé.

L'âne, étant le plus grand, s'approcha de la fenêtre et jeta un coup d'œil à l'intérieur.
– Que vois-tu, tête grise ? demanda le coq.
– Ce que je vois ? répondit l'âne, je vois une table couverte de mets succulents, des voleurs sont assis autour et se donnent du bon temps.
– Oh ! si seulement il y en avait un peu pour nous ! dit le coq.
– Oh oui ! si seulement nous y étions ! dit l'âne.
Alors les animaux tinrent conseil pour savoir comment chasser les voleurs.

Enfin, ils trouvèrent un moyen. L'âne devrait poser les pieds de devant sur le rebord de la fenêtre, le chien sauterait sur son dos, le chat grimperait sur le chien et, pour finir, le coq s'envolerait au sommet et se poserait sur la tête du chat.
Quand ce fut terminé, ils commencèrent à faire leur musique. L'âne se mit à braire, le chien aboya, le chat miaula, le coq chanta. Puis ils se précipitèrent dans la pièce à travers la fenêtre, si vivement que les vitres en tremblèrent.

À ce vacarme, les voleurs se levèrent d'un bond, crurent qu'un monstre venait d'entrer et s'enfuirent tout épouvantés.

Alors les quatre compagnons se mirent à table, et dévorèrent comme s'ils devaient jeûner pendant des semaines.
Quand les quatre musiciens eurent fini, ils se cherchèrent une place pour dormir, chacun selon sa convenance, et ils éteignirent la lumière. L'âne se coucha sur le fumier, le chien, devant la porte, le chat se mit au coin du feu sur la cendre chaude, et le coq se percha sur la poutre ; ils s'endormirent sans tarder.

À minuit passé, les voleurs virent de loin
qu'il n'y avait plus de lumière dans la maison.
Alors le capitaine ordonna à l'un d'entre eux
d'aller explorer la maison.

L'émissaire trouva tout silencieux,
il alla dans la cuisine pour faire
de la lumière.
Mais il prit les yeux phosphorescents
et étincelants du chat pour des chardons ardents
et enfonça une allumette afin de rallumer le feu.
Le chat n'apprécia pas la plaisanterie, il lui sauta
au visage, cracha et le griffa. Le voleur s'enfuit
par la porte de derrière. Mais le chien, qui était
couché là, bondit et lui mordit la jambe.
Tandis qu'il se ruait à travers la cour
et passait devant le fumier, l'âne lui décocha
encore un bon coup avec sa patte arrière.
Le coq, réveillé par ce chahut,
s'écria de son perchoir : « Cocorico ! »

Alors le voleur courut à toutes jambes
rejoindre son capitaine et dit :
– Ah ! Dans la maison, il y a une affreuse sorcière,
qui a soufflé sur moi et m'a griffé le visage
avec ses doigts crochus. Devant la porte,
il y a un homme avec un couteau
et il me l'a planté dans la jambe ;
et dans la cour, il y a un monstre tout noir
qui m'a asséné des coups de bâtons, et là-haut,
sur le toit, se trouve le juge qui a crié :
« Qu'on amène ici ce coquin ! »

Dès lors, les voleurs n'osèrent plus retourner
dans la maison. Mais les quatre musiciens,
eux, s'y trouvèrent si bien qu'ils ne voulurent
plus jamais en sortir.

Regarde bien ces images de l'histoire.
Elles sont toutes mélangées.
Amuse-toi à les remettre dans l'ordre !

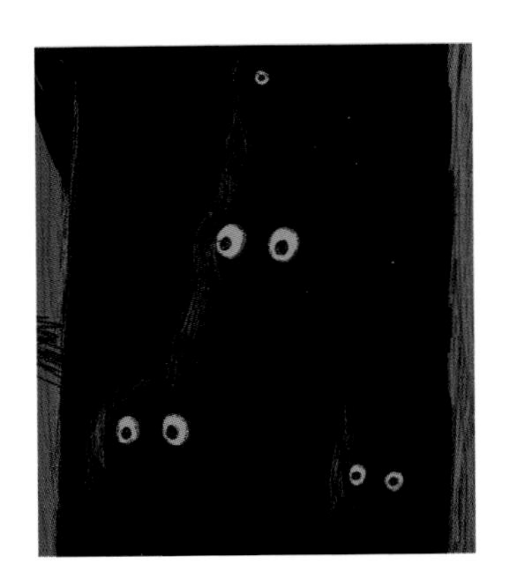